100 FANS

Bibliografische Information der Deutschen Nationalbibliothek:
Die Deutsche Nationalbibliothek verzeichnet diese Publikation in der Deutschen Nationalbibliografie; detaillierte bibliografische Daten sind im Internet über http://d-nb.de abrufbar.

Für Fragen und Anregungen
info@100fans.de

3. Auflage 2019

Nymphenburger Straße 86
D-80636 München
Tel.: 089 651285-0
Fax: 089 652096

Umschlaggestaltung: Maria Wittek, nach einem Entwurf des Autors
Umschlagabbildung: Frank Heller
Satz: ebokks, Braunschweig
Druck: CPI books GmbH, Leck
Printed in Germany

ISBN Print 978-3-95705-006-9
ISBN E-Book (PDF) 978-3-95708-006-6
ISBN E-Book (EPUB, Mobi) 978-3-95708-007-3

Weitere Informationen zum Verlag finden Sie unter

www.100fans.de

Beachten Sie auch unsere weiteren Verlage unter www.m-vg.de

Vorwort

Kurz zu mir und wie ich dazu gekommen bin, ein solches Buch zu schreiben...

Letzten Oktober habe ich ein Carport für unseren Wohnwagen montiert und währenddessen den ein oder anderen lustigen Spruch zum Besten gegeben. Meine bessere Hälfte hat Tränen gelacht. Also habe ich beschlossen, auf Facebook eine Fanpage mit dem Titel "Best Of Handwerkersprüche" zu gründen. Unglaublich, innerhalb von 3 Monaten wuchs die Fangemeinde auf über 25.000 an und täglich kommen ca. 150 neue dazu. Mitte Dezember kamen die ersten Anfragen, ob ich das Ganze nicht als Buch rausbringen möchte. So entstand die Idee, die Vielzahl an Sprüchen, Ausreden, Witzen usw. zu sammeln, zu sortieren und nieder zu schreiben.

Ein befreundeter Maler hat mir ein Seitenmaskottchen entworfen, das ich "Herbert" getauft habe. Herbert ist das freundliche Kerlchen, das euch schon weiter oben zugelächelt hat. Her-

berts Freunde werdet ihr auch noch kennen lernen, denn die treiben im Buch alle paar Seiten ihr Unwesen.

Ich wünsche euch jetzt viel Spaß mit meinen Sprüchen & Witzen. Den ein oder anderen werdet ihr in Zukunft bestimmt gebrauchen können :-)

Viele Grüße
Stefan Krill

Ein Buch für alle Handwerker und die, die es mal werden wollen...

Die besten Sprüche, Argumentationshilfen &
Lehrlingsschikane fürs Handwerkerdasein.

Und nicht vergessen:

„Alles nur Spaß."

Sprüche für alle Gewerke

„Gott hat Himmel und Erde erschaffen,
den ganzen Rest haben wir Handwerker
gemacht."

„THEORIE IST, WENN MAN ALLES WEISS,
ABER NICHTS FUNKTIONIERT.
PRAXIS IST, WENN ALLES FUNKTIONIERT,
ABER NIEMAND WEISS WARUM.
BEI UNS SIND THEORIE UND PRAXIS VEREINT.
NICHTS FUNKTIONIERT UND KEINER
WEISS WARUM."

„Handwerk ist ein Werk
von Hand, Beseelt vom
Herzen und geleitet vom
Verstand."

"Nach locker kommt fest, nach fest
kommt ab und nach ab kommt neu."

"Nicht gemotzt ist Lob genug."

"Früher gab es Präzision, heute hat man Silikon."

"Der Tischler arbeitet auf den mm genau, der Zimmermann auf den cm und der Maurer muss aufpassen, dass er auf dem Grundstück bleibt."

"WER BEIM ESSEN SCHWITZT UND BEIM ARBEITEN FRIERT, DER HAT AUF JEDEN FALL STUDIERT."

"Wenn die Arbeit reichen soll, mach die Schaufel halb so voll."

"Wer glaubt, dass ein Bauleiter den Bau leitet, der glaubt auch, dass ein Zitronenfalter Zitronen faltet."

"Ich muss doch hier nicht wohnen."

"Wenn man nicht mehr weiter weiß, dann bilde einen Arbeitskreis."

"Leute lasst die Arbeit ruhn und freut euch auf den Afternoon."

“MÄNNER VOM BAU, SYMPATHISCH UND SCHLAU.”

“Mit Silikon und Schaum kann man ganze Häuser baun.”

“Der Meister kann’s kaum glauben, mit dem Hammer kann man schrauben.”

"Was nicht passt wird passend gemacht."

„Hilfe, meine Rente steht kiffend an der Bushaltestelle und säuft Alkopops."

“Solange der Chef so tut, als würde er mich richtig bezahlen, tue ich auch so, als würde ich richtig arbeiten.”

“DER RÜCKEN BRENNT, DIE SONNE STICHT, ES IST WOHL WIEDER MITTAGSSCHICHT.”

“So wie du arbeitest möchte ich mal Urlaub machen.”

“Das hält Bis wir weg sind.”

"Geschulter Blick auf die Wasserwaage: Innerhalb der 2 Striche ist gut."

"Wenn du richtig anpackst ist das so, als wenn drei andere loslassen."

"Hoch lebe die Arbeit... So hoch, dass keiner mehr dran kommt.”

“HARTE ARBEIT HAT NOCH NIEMANDEM GESCHADET, ABER WARUM SOLL ICH EIN RISIKO EINGEHEN.”

„Ich glaube ich habe Tinnitus in den Augen, ich sehe plötzlich nur noch Pfeifen.“

“Ach Das hält schon, ein Kuh-
schwanz wackelt auch ein ganzes
Leben und fällt nicht ab.”

"Wenn ich so arbeiten würde, wie du
Urlaub hast, wäre ich ganz schön
fertig."

"Das ist doch kein Mangel, das machen
wir schon seit 20 Jahren so."

"Mängelbeseitigung? Wir geben doch 5 Jah-
re Gewährleistung, das machen wir dann am
Schluss mit weg."

“WO KEINE STEINE SIND KANN MAN LAUFEN.
DABEI BERÜHREN DIE FÜSSE DEN BODEN NUR ZUR
GROBEN RICHTUNGSÄNDERUNG.”

„Die Tabaksteuer soll vorm Rau-
chen abschrecken. Dann soll
wohl die Lohnsteuer vorm Ar-
beiten abschrecken, oder?“

"Wer viel arbeitet, macht viele Fehler... Wer wenig arbeitet, macht wenig Fehler... Wer gar nicht arbeitet, macht gar keine Fehler... Wer keine Fehler macht wird befördert."

"Wenn der Chef nicht da ist, entscheidet der Meister... Wenn der Meister auch nicht da ist, entscheidet der gesunde Menschenverstand."

"Das ist doch kein optischer Mangel. In einem halben Jahr sehen Sie das nicht mehr, das ist reine Gewöhnungssache."

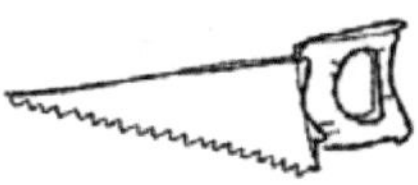

"Kommt im März die Sommerzeit, bleibt's länger hell für Schwarzarbeit."

"IST DIE HANDWERKSKUNST AM ENDE, BRINGT SILIKON DIE SCHNELLE WENDE."

"In der Ecke gekauert, auf Arbeit gelauert, nix gefunden, macht auch 8 Stunden."

"Arbeit ist schön, deshalb immer etwas für morgen aufheben."

"Bei uns im Betrieb ist alles elektrisch. Sogar das Gehalt versetzt einem einen Schlag."

"Einfach mal den Chef fragen, was er beruflich so den ganzen Tag macht. Das Gesicht - Unbezahlbar."

"WENN ES KLEMMT, WENDE GEWALT AN. WENN ES KAPUTT GEHT, HÄTTE ES SOWIESO REPARIERT WERDEN MÜSSEN."

"Wenn jeder wüsste, dass ich hier der Chef bin, dann würde sich keiner so aufregen."

"Ein Architekt ist jemand, der in 3 Jahren alle Gewerke 5 Jahre gelernt hat und besser ist als der Meister."

"Warum bis zum Monatsende schuften, das Geld reicht doch auch nur bis zum 15ten."

"Immer schon ruhig und immer gediegen, was nicht fertig wird bleibt liegen."

"Silikon stabilisiert den Bau und die Haltung mancher Frau."

"EINE SCHRAUBE OHNE GEWINDE IST EIN NAGEL."

"Pfusch am Bau bringt Geld wie Sau."

"T E A M – Toll Ein Anderer Macht's."

"Liegt der Lehrling tot im Keller, war der Meister wieder schneller. Liegt der Meister tot daneben, war der Lehrling noch am Leben."

„Eine genagelte Schraube hält besser als ein geschraubter Nagel."

"Was lange hält, bringt kein Geld."

"DER PFUSCHER SCHAFFT, DER HEBEL WÄCHST, DIE KRAFT NIMMT ZU, DIE SCHRAUBE ÄCHZT... KNACKS MACHT'S, ZU SPÄT MERKT ES DIE GROSSHIRNRINDE, DIE SCHRAUBE TRUG EIN LINKSGEWINDE."

"Schief ist Englisch und Englisch ist modern."

„Bevor ich mich wieder aufrege, ist es mir lieber total egal."

"Arbeit ist die wärmste Jacke."

„Zu spät Kommt Man Immer Rechtzeitig."

"Von früh bis spät nur Qualität."

"LIEBER REGEN KOMM HERAB UND LÖS UNS VON DER ARBEIT AB."

„Könnte man 'Genervt sein' in Geld umwandeln, dann könnte ich heute so gegen 15 Uhr in Rente gehen."

"Manchmal komme ich mir vor wie in einem Asterix Comic. Umzingelt von den Kollegen Denktnix, Machnix, Weissnix und Kannnix... und das Schlimmste ist, ich gehöre bald dazu, als Erklärnix, weil das Bringtnix."

"Kinder wie die Zeit vergeht...Noch 2 x Duschen, dann ist Weihnachten."

"Meine Arbeit ist so geheim, dass ich selber nicht weiß, was ich tue."

"Personalführung ist die Kunst, den Mitarbeiter so schnell über den Tisch zu ziehen, dass er die Reibungshitze als Nestwärme empfindet."

"WIR BAUEN AUF UND REISSEN NIEDER, SO HABEN WIR ARBEIT IMMER WIEDER."

"Was mit 4 Schrauben hält, hält auch mit 3."

"Passt, wackelt und hat Luft."

"Dreipacken minus Zweipacken gleich Einpacken."

"Fass nichts an was schon funktioniert."

"Wir sind auf der Arbeit und nicht auf der Flucht."

"Nach ganz fest kommt ganz lose."

"GUTER PFUSCH IST BESSER ALS SCHLECHTE ARBEIT."

"An manche Dinge können auch wir leider nur noch einen Griff dran schweißen, um es dann wegzuwerfen."

"Es ginge schon, aber es geht nicht."

"Wo das Handwerk versagt, ist Bauschaum gefragt."

"Wer nicht kommt hat frei."

"Hier steht der Bau in seiner Pracht, wir haben's mal wieder schwarz gemacht."

"HANDWERKER MACHEN KEINE PAUSEN, SIE GEBEN DEM WERKZEUG NUR ZEIT SICH ZU ERHOLEN."

“Der Chef ist ein Mensch wie alle anderen, er weiß es nur nicht.”

„Handwerker pfuschen nicht, sie sind kreativ.“

"Hast du mal kein Klopapier, dann nimm die Jacke vom Polier."

"Willst du ordentlich Geld verdienen, musst du fest die Karre schieben."

“Sagen Sie uns nicht, wie wir unsere Arbeit machen sollen. Wir haben schon mehr Dinge vergessen, als Sie jemals gewusst haben.”

“DER TAG HAT NUR 24 STUNDEN UND WENN WIR DAMIT NICHT HINKOMMEN, NEHMEN WIR NOCH DIE NACHT DAZU.”

“Was man nicht im Kopf hat, hat man in den Beinen.”

“Ich denke, also bin ich hier falsch.”

"Man muss nicht verrückt sein, um hier zu arbeiten, aber es hilft sehr."

"Viele Hände, schnelles Ende."

"Wo ich bin, herrscht das Chaos. Ich kann aber nicht überall sein."

"NICHT SCHÖN, ABER SELTEN."

"Wir arbeiten Hand in Hand. Was die eine nicht schafft, lässt die andere liegen."

"Das kenne ich als heilige Dreifaltigkeit aus Bauschaum, Silikon und ner Deckleiste."

"Der Arbeitsschutz uns gar nichts nützt, weil er uns nicht vor Arbeit schützt."

"Normal passiert da nichts."

"Früh arbeiten macht nur früh müde."

"HERR SCHÜTZE UNS VOR STURM UND WIND UND AZUBIS DIE ZU LANGSAM SIND."

"Für jede Lösung muss sich ein passendes Problem finden."

"Ein Bisschen Schwund ist immer."

"Es ist noch kein Meister vom Himmel gefallen, aber so mancher aus allen Wolken."

„Wer faulenzt schafft Arbeitsplätze."

"Eine gute Stellung ist besser als jede Arbeit."

„SO GENAU KANN DAS JA KEINER MACHEN."

“Dem Arbeitsstress kann man entgehen, vermeidet man es, aufzustehen.”

„Ich bin nicht unmotiviert, aber ich habe heute schon keinen Bock auf morgen.“

"Der Student studiert, der Arbeiter arbeitet und der Chef scheffelt."

"Eine Lösung hatte ich, aber sie passte nicht zum Problem."

Wo ich bin herrscht Chaos, aber ich kann ja nicht überall sein.”

„HALLO WOHLVERDIENTES WOCHENENDE... DU DARFST SO LANGE BLEIBEN, WIE DU MÖCHTEST.“

“Kunden die unsere Mitarbeiter unverschämt finden, sollten erstmal den Chef kennen lernen.”

“Wo rohe Kräfte sinnlos walten, da kann kein Knopf die Hose halten.”

“Ein schlechter Handwerker schimpft immer auf sein Werkzeug.”

“Silikon, macht das schon.”

“Wer nichts tut kann nichts verkehrt.”

“PLANUNG BEDEUTET, DEN ZUFALL DURCH DEN IRRTUM ZU ERSETZEN.”

“Genau wird’s gemacht. Ungenau wird’s von alleine.”

“Kein Problem ist so groß oder kompliziert, dass man nicht davor weglaufen könnte.”

“Wollen Sie mit dem Chef sprechen oder direkt mit jemanden der sich auskennt?”

"Lieber nichts tun, als unter vielen Mühen nichts schaffen."

"Ein Experte ist, der in seinem Betätigungsfeld schon alle Fehler gemacht hat."

„WER FLUCHT, DER KANN NICHTS."

"Wir wissen zwar nicht was wir wollen, aber das mit ganzer Kraft."

"Man kann ruhig Doof sein, man muss sich nur zu helfen wissen."

"Geht nicht gibt's nicht. Ich kann nicht heißt ich will nicht."

"Verschiebe nicht auf morgen, was du heute von einem anderen machen lassen kannst."

"Wissen ist Macht, nichts wissen macht nichts."

"WENDE KEINE GEWALT AN, NIMM EINEN GRÖSSEREN HAMMER."

"Jeder macht was er will. Keiner macht was er soll. Aber alle machen mit."

"wenn Dir schwarz vor Augen wirD, Dann Biste eingeschlafen."

„Wenn Handwerker zu Ihrer Frau sagen, sie reparieren das, dann machen sie das auch. Man muss sie nicht alle 4 Wochen daran erinnern."

"Passt schon, es soll ja keine Uhr werden."

"Wie schnell ist nix gemacht."

"WENN MAN WEISS WIE ETWAS FUNKTIONIERT, DANN KANN MAN ES AUCH REPARIEREN."

“Wir sind immer die schnellsten. Wo andere noch fallen, liegen wir schon auf der Schnauze.”

“Bei uns kann jeder werden was er will. Ob er will oder nicht.”

"Warum mit dem Hammer schrauben, wenn er gut nageln kann?"

"Ich bin hier der Chef, solange meine Frau nicht da ist."

"Sei zukunftsorientiert, verschiebe immer alles auf übermorgen.”

“MANCHE PROBLEME LÖSEN SICH VON SELBST, MAN DARF SIE NUR NICHT DABEI STÖREN.”

„Warum zum Teufel ist der Montag eigentlich so weit weg von Freitag, aber der Freitag so nah am Montag?“

“Was man nicht begreift, kann man nicht verlernen.”

"Das schlimmste an meinem Job sind die 335 Tage nach meinem Urlaub."

"Das einzige was mich hier noch hält, ist die Erdanziehung."

"Lieber faul als müde."

"MACH DAS ORDENTLICH. MIT PFUSCHEN KANNST DU ANFANGEN, WENN DU GESELLE BIST."
"FÄLLT DER LEHRLING VON DER LEITER... GELBE SEITEN UND SCHON GEHT'S WEITER."

„Kennt ihr das, wenn man an 'nem ganz normalen Arbeitstag mehr erledigt hat, als man sich vorgenommen hatte und am Feierabend total glücklich darüber ist?" Ich auch nicht..."

"Mein Chef Behandelt uns wie rohe Eier. Jeden Tag haut er einen von uns in Die Pfanne."

"Ist der Chef am Bau, wird's spät wie Sau.
Sind wir allein, kommen wir pünktlich heim."

"Wer nichts tut kann nichts verkehrt
machen."

"Das Handwerk ist immer ein starkes Stück
Zukunft."

"ICH BIN DERART MÜDE, ICH KÖNNTE DIREKT
ARBEITEN GEHEN."

"Das guckt sich weg."

"Was wir heute nicht schaffen,
müssen wir morgen nicht abreißen."

"Der Architekt das ist ein Mann, der
vieles weiß doch wenig kann."

"Gott schütze uns vor Eis und Schnee, vor Regen und der Bau BG."

"So lange der Staat uns die Kohle klaut, wird dieses Haus hier schwarz gebaut."

"DAS WAR ICH NICHT, DAS WAR SCHON VORHER KAPUTT."

„Wir geben immer 100%, außer bei Tiernahrung"

„Die Sonne scheint auf uns hernieder, die Nacht sie weicht dem Tageslicht, alles kommt im Leben wieder, nur verliehenes Werkzeug nicht."

„Der Fuchs ist schlau und stellt sich dumm, beim Architekt ist's andersrum."

„Automation ist der Versuch des Mannes, die Arbeit so zu gestalten, dass auch Frauen sie tun können."

„Ich wäre mal gerne abends so müde wie morgens."

„DIE ERSTEN 24 STUNDEN VOM MONTAG SIND IMMER DIE SCHLIMMSTEN."

„Wo wenig hilft, kann viel nicht schaden."

„Wir Handwerker haben die Arche gebaut, Ingenieure die Titanic."

„Ich arbeite, damit ich tanken kann, um zur Arbeit zu kommen."

„Viel schlimmer als Architekten, die keine Ahnung haben, sind Architekten, die keine Ahnung haben, aber fest davon überzeugt sin, Ahnung zu haben."

„Azubis besitzen 4 zusätzliche Sinne: Unsinn, Blödsinn, Schwachsinn und Wahnsinn."

„NACH LOCKER KOMMT FEST, NACH FEST KOMMT AB UND NACH AB HABEN WIR EINE GANZE MENGE ARBEIT.“

„Chefs machen keine Fehler, sie erschaffen Katastrophen.“

„Früher war alles besser. Gestern zum Beispiel, da war Sonntag.“

„Kaum Montag und schon plant man wieder das nächste Wochenende.“

„Guten Morgen zusammen. Und wieder einen Tag näher an der Rente dran.“

„Ist mir übel sprach der Dübel und verschwand elegant in der Wand, wo man ihn nicht wieder fand.“

„DIE SCHRAUBE WAR IM DÜBEL DRIN, DOCH SIE WOLLT NICHT FASSEN. WIR HATTEN FREITAGNACHMITTAG, ICH HAB’S MAL SO GELASSEN.“

„12 Jahre Schule, 6 Jahre Studium, aber unfähig eine Flasche Bier mit dem Zollstock zu öffnen. Das sind die wahren Opfer des deutschen Bildungssystems.“

„Handwerker zu sein ist nicht einfach. Für diesen Job konnte Gott nur die Besten gebrauchen.“

„Kleinigkeiten erledigen wir sofort, Wunder dauern etwas länger.“

„Kannste mal eben heißt nicht unbedingt, dass es schnell geht.“

„Sollte dir der Darm auch reißen, geh niemals in der Pause sch..."

„KAFFEE UNSER, DER DU BIST IN DER KANNE, GEHEILIGT WERDE DEIN KOFFEIN. DEIN RÖSTGRAD KOMME. DEIN WACHMACHEN GESCHEHE, WIE AM MORGEN, SOWIE AUCH BEI DER ARBEIT. UNSERE TÄGLICHE TASSE GIB UNS HEUTE UND VERGIB UNS UNSERE SCHULD, WIE AUCH WIR VERGEBEN ALLEN TEETRINKERN. UND FÜHRE UNS NICHT ZU KOFFEIN-FREIEM, SONDERN ERLÖSE UNS VON DER MÜDIGKEIT. DENN DEIN IST DIE BOHNE UND DAS WASSER UND DIE WICHTIGKEIT, IN EWIGKEIT... ARABICA!"

Sprüche für Strippenzieher, PS Schuster, Rohrverleger, Feineisendesigner & Lichtbogentechniker

"Elektrizität ist morgens mit Spannung aufzustehen, mit Widerstand zur Arbeit zu gehen, den ganzen Tag gegen den Strom zu schwimmen, abends geladen nach Hause zu kommen, an die Steckdose zu fassen und eine gewischt zu kriegen."

"ELEKTRIKER IST DAS ÄLTESTE HANDWERK. ALS GOTT SPRACH: ES WERDE LICHT, HAT EIN MONTAGETEAM SCHON 4 WOCHEN VORHER DIE LEITUNGEN VERLEGT."

"Kein Licht, kein Strom... Hier war ich schon."

"Lern erstmal was vernünftiges, Elektriker kannst Du immer noch werden."

"Plus auf Masse das knallt Klasse."

"Ein schlechter Elektriker ist immer noch ein guter Schlosser."

"Der junge Stift der lernt vom Alten, das Kabel wird die Schelle halten."

"DER DRAHT WAR IN DER KLEMME DRIN, DIE SCHRAUBE WOLLT NICHT FASSEN. ES WAR AM FREITAGNACHMITTAG, ICH HAB'S MAL SO GELASSEN."

"Wenn ich nicht mehr weiter kann, schließ ich Plus an Minus an."

"Jaja, so ist das mit dem Licht. Manchmal brennt's und manchmal nicht."

"Die letzten Worte eines Elektrikers: Was ist das denn für ein Kabel?"

"Tausendmal berührt, tausendmal ist nix passiert."

“Elektriker können schnell zu leitenden Angestellten werden.”

“LIEBER EINEN KURZEN ALS ÜBERHAUPT KEINEN STROM.”

“Wo ich bin, da blitzt es gewaltig.”

“Rot ist Blau und Grün ist Gelb.”

"Liegt der Elektriker tot im Keller, war der Schreiner wieder schneller. Liegt der Schreiner tot daneben, war der Elektriker noch am Leben."

"Allradantrieb bedeutet, dass man dort stecken bleibt, wo der Abschleppwagen nicht hinkommt."

"Tuning ist mit dem Geld was wir nicht haben, Teile zu kaufen die wir nicht brauchen, um Leute zu beeindrucken, die wir nicht kennen."

"SCHRAUBST DU NOCH ODER FÄHRST DU SCHON?"

"Manche Frauen tuen für ihr Äußeres Dinge, für die ein Karosseriebauer ins Gefängnis kommen würde."

"Aller Laster Anfang ist Die Stoßstange."

"Kommt's aus dem Auspuff schwarz und sauer, läuft der Motor etwas rauer."

"Ach da schweißen wir ein Blech drauf."

„Wir reparieren keine Motoren, wir lassen Herzen wieder schlagen."

"WENN MAN WEISS WIE ETWAS FUNKTIONIERT, DANN KANN MAN ES AUCH REPARIEREN."

“Man darf ein Auto nicht behandeln wie eine Frau. Ein Auto braucht Liebe.”

“Zündreihenfolge eines Reihensechsers: Mit 1 5 zu jung, mit 3 6 zu alt, mit 2 4 genau richtig.”

“Drosseln sind Vögel. Sie in Motoren zu stecken ist Tierquälerei.”

“Kenn wa nit, brauch ma nit, fort damit.”

“Beim Ölwechsel: Ich öffne jetzt die Schraube und du fängst dann die schwarze Stange auf die da rausfällt.”

“WAS NAGELT NACHTS BEI STURM UND GEWITTER? ES IST EIN DIESEL, DER BRAUCHT NUR 5 LITER.”

„Solange der Kunde in der Werkstatt steht, heißt das nicht Brecheisen, sondern Montierhebel groß.”

"Bist ungeschickt hast linke Hände?
Läufst gegen Türen und auch Wän-
de? Bist unrasiert und wasserdicht?
Hauptschulabschluss hast du nicht?
Kriegst nicht mal deine Schuhe zu?
Du bist ein Mann für ATU."

„Ach lass, den Rest macht der Lacker."

"Es gibt auch Fälle, da hält das Rohr die Schelle."

"DIE LETZTEN WORTE DES INSTALLATEURS:
HASTE MAL FEUER?"

"Ich hab gelötet und geschweißt,
soll ich noch Draht drum machen?"

“Ein Heizungsbauer der nicht säuft,
ist wie ein Motor der nicht läuft.”

"Weiß der Klempner keinen Rat,
nimmt er einfach Tüddeldraht."

"Nicht alles was leckt ist ein Fall für
den Klempner."

“Normal ist das dicht, aber Wasser sucht sich
seine eigenen Wege”

„KLEBEBAND UND TÜDDELDRAHT SIND DES
KLEMPNERS BESTER RAT.”

„Zieh an bis Wasser kommt.“

“Morgens müde abends blau, das
sind die Jungs vom Heizungsbau.”

"Wenn es klemmt, wende Gewalt an.
Wenn es kaputt geht, hätte es sowie-
so repariert werden müssen."

"Gewaltig ist des Schlossers Kraft,
wenn er mit dem Hebel schafft."

"Die Kraft des Schlossers sich verdoppelt, wenn
daran ein Rohr gekoppelt."

“ICH BIN SCHLOSSER UND KEIN GOLDSCHMIED.”

“Was des Schweißers Naht nicht
ziert, wird mit Farbe überschmiert.”

“Schreien tut der Meister laut,
wenn er mal daneben haut.”

"Auch das Loch von einem Zoll kriegt
ein guter Schweißer voll."

"Ein Schlosser ohne Hammer ist ein Jammer,
ein Schlosser ohne Feile geht ne Weile."

"Stoßgebet eines Schweißers: Gott gebe dass es klebe."

"Er hat geschweißt man sieht es kaum,
drum lass uns noch nen Niet reinhaun."

"WEISS DER SCHLOSSER KEINEN RAT, NIMMT ER HAMMER ODER DRAHT."

"Was des Schlossers Hand nicht ziert, wird verklebt und zugeschmiert."

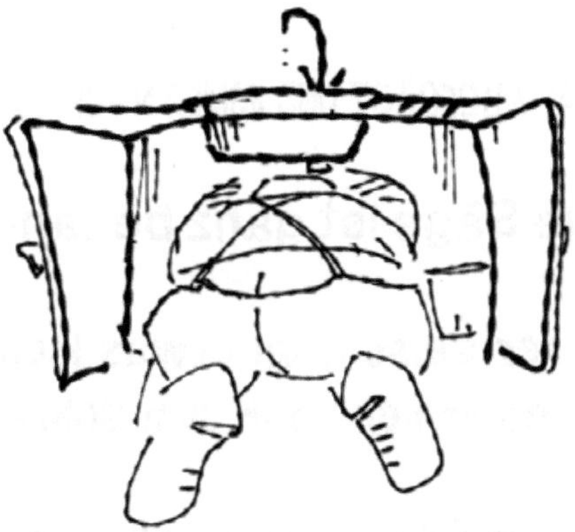

"Loch an Loch und hält doch. Den Rest bringt die Farbe."

"Wer nicht gut schweißen kann, muss halt besser schleifen können."

Sprüche für alle Holzwürmer, Dachäffchen & Zimmerochsen

"Schreiner machen Frauen glücklich."

"DREIMAL ABGESÄGT UND IMMER NOCH ZU KURZ."

"Die Säge ist ganz bezahlt."

"Ist der Geist auch etwas kleiner,
reicht es immer noch zum Schreiner."

"So wie der Schreiner kann's keiner, außer
dem Zimmermann, weil er es besser kann."

"Holz spricht bevor es bricht."

"Der Tischler im Haus erspart so manchen Handwerker."

"HOLZAUGE SEI WACHSAM."

"Das Loch im Holz das kann nicht sein,
drum schmiert der Lehrling Kitt hinein."

„Des Meisters Stolz ist flüssig Holz.“

"Ein Hobel der nicht pfeift, ein Schreiner
der nicht säuft, ein Mädchen was nicht
stille hält, gehören nicht auf diese Welt."

"Die Latte in der Hand, der Bauch voll Leim,
das kann doch nur ein Schreiner sein."

"Wohnst du schon, oder sägst du noch?"

"UND IST DIE RITZE NOCH SO KLEIN, SO SCHMIE-
RE KITT UND LEIM HINEIN."

"Leim der aus der Fuge kommt
hält nicht, aber er beruhigt."

“Ein Tischler kommt überall durch,
sogar beim Furnier schleifen.”

"Des Schreiners Werk in Ehren steht,
solangs nicht aus dem Leime geht."

"Wird eine Fuge mal nicht dicht und fein,
gibst du etwas Kitt hinein. Sollte das auch
nicht genügen, musst du einen Span einfügen."

“Tischler die was auf sich halten, können ihren
Zollstock falten.”

“OB BLOND, OB SCHWARZ, OB ROT, OB BRAUN,
AUF ECHTE SCHREINER STEHN ALLE FRAUEN.”

“Ne Latte, Leim und Silikon, das sind
des Schreiners Schutzpatron.”

“Die Äste sind am Baum am schönsten,
denn wär er kahl, dann wär‘s ein Pfahl.”

„Was ist der Unterschied zwischen ei-
nem Schreiner & Holz? Holz arbeitet!"

"Hobeln kann jeder, aber der eine macht Bretter und der andere Späne."

"Die zwei schlimmsten Dinge dieser Welt sind nasses Holz und eine trockene Kehle."

"DER STÜMPER SCHAFFT MIT STUMPFER SÄGE, WO SCHÄRFEN DOCH VIEL NÄHER LÄGE. DER SCHREINER SÄGT MIT SCHARFEN ZAHN UND ZEIGT SO JEDEM WAS ER KANN."

"Ein Holzwurm nagt am Gasthaustisch, er nagt in aller Stille. Zu Anfang nagt er noch recht frisch, zum Schluss mit drei Promille."

"Lieber gut geklaut, als schlecht selbst erdacht."

"Ich lebe ohne Sorgen mein freies Leben hin, und freu ich jeden Morgen, dass ich Schreiner bin."

"Holz muss Äste haben, wo sollen sich denn sonst die Vögel drauf setzen?"

"Das Dach ist dann gelungen,
wenn kein Wasser eingedrungen."

"DACHDECKER HABEN DIE LÄNGSTEN LATTEN."

"Was Gott kann, kann ein Dach-
decker schon lange."

"Was ich nicht kann, schafft Deitermann."

"Rumpel die Pumpel, weg war der Kumpel."

"Wenn es in die Suppe hagelt, ist das
Dach wohl schlecht genagelt."

"Von unten sieht das keiner."

"DA KOMMT NOCH KIES DRÜBER."

"Hast du Kitt und hast du Blei,
dann hast du alles mit dabei."

"Nur Gott ist über uns."

"Wer bei der Dachdeckerprüfung durchfällt ist automatisch Zimmermann."

"Wo nichts ist und soll was sein, da tut man Sikomastik rein."

"Wenn der Wind von Osten weht, wird von links nach rechts geklebt."

"HÖHE MACHT SCHÖN."

"Kit und Kelle ist des Meisters Geselle."

"Wer nichts wird und wer nichts kann, der wird einfach Zimmermann."

"Einen guten Zimmermann erkennt man an den Spänen."

"Der Nagel ist erst dann besiegt, wenn er sich geschlagen gibt."

Sprüche für Maurer, Verputzer, Maler und andere Gewerke

"Ich bin Maurer und kein Uhrmacher, 1 cm ist doch kein Maß."

"WASSER UND SAND GIBT AUCH NE WAND."

"Der Fuchs ist schlau und stellt sich dumm, beim Maurer ist es anders rum."

"Ein schlechter Maurer ist immer noch ein guter Stuckateur."

"Schleiß auf den Verband, der Putz der hält die Wand."

"Gott schuf den Menschen und das Tier, doch der Teufel den Polier."

"Komm einem Maurer doch nicht mit Zentimetern, sei froh wenn er auf dem Grundstück bleibt."

"PUTZ IST MANCHMAL DIE HALBE MAUER."

"Schaum hinein wird auch zu Stein."

"Wenn ein Maurer vom Gerüst gefallen ist, nimmt man ihm zuerst die Hände aus den Taschen, damit es wie ein Arbeitsunfall aussieht."

"Was schief gemauert wurde, wird gerade verputzt."

"Steine stapeln, Karre schieben, so haben wir uns die Zeit vertrieben."

"Fünf Minuten vor der Zeit ist des Maurers Pünktlichkeit."

"EIN TROST IST UNS GEBLIEBEN, ES WIRD VERPUTZT UND ABGERIEBEN."

"Ein guter Putz hält Haus und Hof zusammen."

"Das Loch muss zu und wenn der ganze Sack rein geht."

"Den Rest bringt der Putz."

"Jeder Maler ist Artist, so lange er noch oben ist."

"Den Rest macht der Maler."

"WER NICHTS KANN, MACHT FARBE DRAN."

"Was wir nicht erreichen, können wir nicht streichen."

"Will der Dreck nicht weichen, so werden wir ihn überstreichen."

"Ein guter Anstrich ist das halbe Renommee."

"Jeder Loser und Verlierer wird Maler und Lackierer."

"Ein Maler der nicht säuft, eine Farbe die nicht läuft, ein Mädchen was nicht stille hält, gehört nicht in die Malerwelt."

"IST DER VERSTAND MAL ETWAS SCHMALER, REICHT ES IMMER NOCH ZUM MALER."

"Nur böse Hände beschmieren Decken und Wände."

„Er kleckst mit Farbe und mit Kleister und ist dennoch in seinem Fach ein Meister."

"Splitt und Sand verdeckt's des Pflasterers sei Schand."

"Morgens grün, abends blau, das sind die Jungs vom Gartenbau."

"Nur die Harten kommen in den Garten. Ich bin härter, denn ich bin Gärtner."

"Wir fliesen Ihr Bad und kacheln Ihre Alte."

„WIR BRAUCHEN KEIN NAVI, UNSERE KUNDEN GEBEN RAUCHZEICHEN."

„Ich würde gerne was mit Tieren machen, vielleicht Metzger oder so."

„Vegetarier kommt aus dem Indianischen und heißt so viel wie – zu blöd zum Jagen."

Mängelargumentationshilfen

"Das ist normal, das muss sich erst noch setzten."

"KEINE ANGST, DA KOMMT NOCH SILIKON HIN."

"Das guckt sich weg, in einem halben Jahr sehen Sie das nicht mehr."

"Das machen wir morgen weg."

"Das hat mir keiner gesagt, dass das dicht sein muss."

"Da kniet sich eh niemals einer hin."

"Den Rest macht die Farbe."

"DAS IST KEIN MANGEL, DAS MACHEN WIR SCHON IMMER SO."

"Da muss man nicht mehr rankommen, das wartet sich von alleine."

“Das darf gar nicht dicht sein, das Haus muss doch atmen können.”

"Gefälle braucht man nicht, das Wasser sucht sich seine eigenen Wege."

"Das wird schon fest."

“Das ging nicht anders, ließ sich technisch nicht anders bewerkstelligen.”

“DAS HÄLT SPÄTER ALLES IN SICH.”

“Nein, da zieht nichts. Was Sie da spüren ist bloß die Wärmeabstrahlung Ihrer Hand.”

“Ne Dampfsperre braucht man gar nicht so genau zu verkleben, die ist doch sowieso diffusionsoffen.”

„Die Farbe sollte dunkler sein? Keine Angst, die dunkelt noch nach."

"Normalerweise machen wir das nicht so."

"Das streicht der Maler noch weg."

"DEN REST MACHT DIE FUGE."

"Klar muss das hier feucht sein, ist doch ein Keller."

"Ein Dummer sieht es nicht und ein Schlauer sagt nichts."

„Das waren wir nicht, das war schon."

"Wieso zu spät? Wir sind doch fertig."

"Ja habe ich denn gesagt an welchem Mittwoch..."

“DAS MACHEN WIR IMMER SO, NICHT DASS SIE MEINEN DAS WÄRE EIN MANGEL.”

“Ich dachte das wäre Eigenleistung.”

“Das macht der Putzer noch weg.”

“Der Anstrich hat Schleier? Ach, das sieht man bei der Höhe nicht mehr.”

“Zu dicht ist doch auch nicht so gut.”

“Das kann man noch beim Verputzen ausgleichen.”

„KEINE SORGE, DA MUSS MAN NICHT MEHR DRAN KOMMEN, DAS WARTET SICH VON ALLEINE.”

“So genau kann das doch keiner bauen.”

“Das haben wir bei den letzten 100 Häusern auch so gemacht und es hat nie einer bemängelt.”

“Die Türe muss von alleine zu fallen.”

"Das hat wohl der Lehrling vergessen."

"Ich muss ja hier nicht wohnen."

„DAS TROPFT SICH DICHT."

"Das hält schon, da kommt ja noch Farbe drauf."

"Ich habe mich auch schon gewundert."

"Dampfbremsfolie brauchen wir nicht. Das ist doch ein Arbeitszimmer, wo soll da denn der Dampf herkommen?"

"Nichts hält länger als ein Provisorium."

Best of Kundenkommentare

„Darf ich Ihnen zu sehen?“

„SIND SIE HIER DER CHEF?“

„Also im Internet habe ich das aber anders gelesen.“

„Kehren Sie nachher auch durch und putzen noch?“

„Wenn Sie schon mal hier sind.“

„Im Baumarkt habe ich das aber viel billiger gesehen.“

„Also wenn Sie schon mal hier sind.“

„ICH HABE AM WOCHENENDE SCHON MAL WEITER GEMACHT.“

„Mein Mann kommt auch gleich nach Hause, der kann dann noch helfen.“

„Sind Sie auch Geselle?"

„Ich weiß, Sie haben jetzt Feierabend, aber können Sie mir das nochmal erklären."

„Beim nächsten Mal kann ich das auch selber machen, so schwer sieht das ja nicht aus."

„Ist da noch was im Preis drin."

„HABEN SIE DAS EIGENTLICH SCHON MAL GEMACHT?"

„Ich würde Ihnen da gerne noch kurz etwas zeigen."

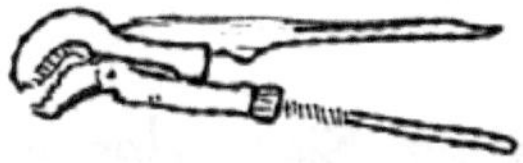

„Dauert Das immer so lange?"

„Gibt das viel Dreck?"

„Geht das auch etwas leiser?"

„Kommt Ihr Chef denn auch noch vorbei."

„IN EINER HALBEN STUNDE MÜSSTE ICH ABER NOCHMAL WEG."

„Was haben Sie eigentlich gelernt."

„Ich kann Ihnen auch helfen."

„Wo ist denn Ihr anderer Kollege? Der hat nämlich hier sonst immer gearbeitet."

„Möchten Sie ein Bier oder ein Radler?"

„Können Sie die Maschinen nicht draußen aufbauen?"

Best of Lehrling „Hol mal bitte“

Meistens beginnt der Satz mit "Kannst du mir mal..." und endet mit "...holen."

"DIE KNACKPATRONEN FÜR DEN DREHMOMENTSCHLÜSSEL."

"Die Unterputzfräse zum unauffälligen Kabel verlegen."

"Den Bohrlochentferner."

"Den Vierkantbohrer."

"Einen Kanister Druckluft für den Kompressor."

"Das Amboss-Klangfett."

"DIE AUSGLEICHSGEWICHTE FÜR DIE WASSERWAAGE."

"Die Sockelleistenleiter."

"Die Bogenschnur."

"Das Kellenfett."

"Einen Eimer für den Spannungsabfall."

"Die Augenmaßverlängerung."

"EINE TÜTE FUNKENFETT."

"Die Kolbenrückholfeder."

"Die Siemens Lufthaken."

"Eine Ersatzluftblase für die Wasserwaage."

"Die Wasserstrahl Biegezange."

"DEN ALUMAGNETEN."

“Den Gewindehammer.”

"Das Feilenfett."

"Die Frequenzbiegezange."

"Den Sechseckbohrer."

“EINEN EIMER GETRIEBESAND ROT”

“Das Holzschweißgerät.”

“Den Böschungshobel.”

"Den Hartmetallbohrer mit Messingspitze."

"Den Steinhobel."

“Die Hohlkopfdübel.”

“DIE KUPPLUNGSAUSGLEICHSGEWICHTE.”

“Die Nockenwellenbeleuchtung.”

“Den Zentrierdorn.”

"Eine Dose Blaulichtwasser."

"Einen Eimer Abfallstrom."

“Die Gussrohrbiegezange.”

“DAS KNACK MAGAZIN FÜR DIE RATSCHE.”

“Die Zündfunkenrückholfeder.”

“Die karierte Farbschnur.”

„Den Kreisgehrungshobel."

"Einen Sack Vergaserschlamm."

“Die Zylinderkopfhaut.”

“DAS FUSSLEISTENHÄNGEGERÜST.”

"Die Alumagnetfeile."

"Das Feilenöl."

"Die Turbinenanstossstange."

"Die Marderschutzpaste für die Zündkabel."

"Die Ladedruckkapseln für den Turbo."

"DIE GIEBELSPITZE."

"Den Hohlbrettbohrer."

“Den Hammer mit verstellbarer Wucht.”

"Den Aufdrehmeißel."

"Das Klangfett für den Presslufthammer."

"Einen Eimer Hammerfett."

“DIE KABELDEHNUNGSMASCHINE.”

“Das helle Amplitudenfett mit Sinusschoner.”

“5 Meter Schweißnaht.”

"Das hölzerne Augenmaß."

"Einen Eimer Schweißpunkte."

"Das Nym 3 W-Lan Kabel."

„DIE WELLENWASSERWAAGE.”

“Das rote Megaherzwasser.”

“Die Bosch Betonelektrode.”

"Das Schmirgelöl."

"Ein Paket 8er Gebärmuttern."

“Den 30er Maulschlüssel für Linksgewinde.”

“EINE DOSE FARBNEBEL.”

“Den Gelenkhammer.”

“Den Gleichstromtrafo.”

"24er Fertigfugen."

"Einen Sack Wirbelstrom."

“Die Antennenschmiere.”

“DEN KURVENHAMMER.”

"Die Wechselstrombatterie."

"Die aufklebbaren Körnerpunkte."

"Einen Kanister Frequenz üssigkeit."

"Die Parallelfeile."

"Die Phasenverschiebungszange."

"DIE SINUSSÄGE."

"Die Frequenzbürste."

"Den Spurdifferenzialwinkel."

"Die Ersatzklingen für den Seitenschneider."

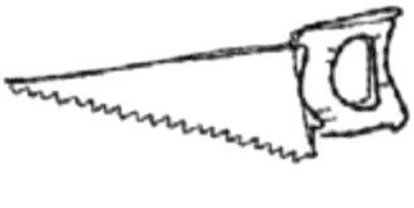

"Einen Eimer Vakuum für die Staplerbatterie."

“Den Froschhaarpinsel.”

“DIE KIRSCHKERNELEKTRODEN.”

“Das Riffelblechspray”

„Den Pömpelgenerator.”

"Eine Rolle Abisolierband."

“Den Ellipsenbohrer.”

"Den Airbag Faltplan."

“Einen Eimer Ladeluft.”

“DIE KÜMMELSPALTMASCHINE.”

"Ein Paket Tangentialsicherungen."

"Die Widerstandsfarbringe."

"Die Forellenpistole."

"Die Plasmafeile."

"Den Mosaikhammer."

"DEN FAHRBAHNMARKIERUNGSRADIERER."

"Die Feierabendschablone."

Lustige Handwerksbezeichnungen

Bäcker
Mehlwurm
Printenkopf

BESTATTER
Versenkungsrat

BetonBauer
Kieselverbindungstechniker
Betonski & Zementski

Dachdecker
Pannepöpper
Hochflächendesigner
Kallendresser
Dachlattenimperator
Dachkatze
Lattenrutscher

Drechsler
Rotationstechniker
Rotationszerspaner

ELEKTRIKER
Funkenkitzler
Kabeldesigner
Kurzschlussmechaniker
Ampereschweinchen
Kurzschlussmonteur
3 Phasen Kasper
Gipsspecht
Elektronenbändiger

Fliesenleger
Plattenpöpper
Fliseur
Fugenlutscher
Kachel Gott

Friseur
Haardesigner
Gala Bauer
Rasenkosmetiker

Gebäudereiniger

Glas & Wasser Techniker

Staubsaugerpilot

Heizungsbauer

Fittingslutscher

Installateur

Rohrleitungsdesigner

Fäkalerotiker

Gas-Wasser-Scheisse

Abwasser Michel

KOCH

Fettfinger

KFZ-Mechaniker

Schraubenkasper

PS Schuster

Kunststoffmechaniker

Gummiadler

Lackierer

Lackspatzen
Spritzer
Lackaffe
Klecksel

LANDWIRT

Agrarflächendesigner
Erdoberflächenverschieber
Ackerdesigner

Lokführer

Schienenjunkie

Maler

Pinselquäler
Farbverteilungstechniker
Lackspatzen
Wohndesigner
Pinselbewegungstechniker
Applikationstechniker
Spinnenjäger
Fassadenäffchen
Pinselmännchen
Acrylakrobaten

Maurer

Hohlblock Versetzungsmechaniker
Mörteldesigner
Hohlblockmonteur
Mörteldoktor
Ziegelschichter

Mechatroniker

Hybridschlosser
Schmiernippel

METZGER

Schweineschlosser

Schlosser

Hammerwerfer
Eisenkünstler
Blechdepp
Stahlwemmser
Eisenbeißer

SCHWEISSER

Brutzelsystemtechniker
Lichtbogendoktor

Staplerfahrer
Palettenschubser

Straßenbauer
Erdbewegungsingenieur

TISCHLER
Holzwurm
Beitelvirtuose
Holz Da Vinci

Verputzer
Gipsdesigner
Verschmutzer

Zimmermann
Balkenjupp
Zimmermädchen
Sparrenbuckler
Zimmerochsen
Holzwurmbesserwisser

Werkzeug- &
Materialbezeichnungen

Quer durch D - A - CH

16ER BLECH
Bierdose

17er Schlüssel
Bieröffner

54er Ring Schlüssel
Meinungsverstärker

ABBruchhammer
Susi

Absperrband
Flatterschnur
Pommesstreifenband

Akkuschrauber
Bärbel
Akkumoped

ALLES
Dingens
Sprinorkel
Schnippuspippus

Amboss Klein
Problemlöser
Klein

Amboss Groß
Problemlöser
Groß

Anschlagschäkel
Kuhmaul

Azubi
Paul
Stift

BAUSTELLENRADIO
Lala
Baustellenschlampe

Blitzzement
Mondamin

Bolzenschneider
Generalschlüssel

Brecheisen
Montierhebel Groß

Brechstange
Montiereisen Groß

BREMSRÜCKSTELLER
Arschbackenspreizer

Crimpzange
Quetsche

Dichtmasse
Bärensch....e

Drehmoschlüssel
Knackknack
Knacker

Eisenbinder
Die Rostigen

FEIN
Zappler

Flex (Groß)
Radau Bärbel

Generator
Moppel

Hammer
Kloppes

Hammer (Schwer)

Kowalda
Lehmann
Horst
Klopfeisen
Dicker Bello
Bürgermeister
Mokker
Mottek

HANF

Engelshaar

Holzspalter

Kliaber

Hülse

Bierdose

Kabelbinder

Strapse

Kegelsenker

A....lochbohrer

KETTENSÄGE

Fichtenmoped
Motorbiber
Waldmoped
Oktanbiber
Moppet
Kettenbiber
Buschmoped

Kneifzange

Knieptang

Lampe

Funzel

Lüsterklemme

Pfuscherklemme

Luftschraube

Schrabbel
Knattermann

Maßstab

Messche

MAURERKELLE

Trüffel

Shietschippe

Maurerschnur

Rinnseil

Messschießer

Spekuliereisen

Meterstab

Schätzstock

Mörtelkübel

Spießbütt

Bello Bütt

MONTAGEPASTE

Itschi Glitschi

Motorhacke

Motorjakob

Multimaster

Zappelphilipp

Nageleisen

Kuhfuß

Nagelschussgerät

Wemser

NEO FERMIT

Schmatze

PANZERBAND

Alleskleber

Phasenprüfer

Lügenstift

Azubitod Einphasig

Betrüger

Plastic Fermit

Knete

Plattenwagen
Mercedes

Seitenschneider
Pitsche

SILIKON
Schmatze

Silikonspritze
Gummipuste

Schaufel
Minibagger
Schüppe
Schippe
Schöppe

Schieblehre
Schraubzwinge
Toleranzhammer

SCHLAGSCHRAUBER

Rat Scha Scha

Knattermax

Flubby

Schmiermittel

Klotzofonium

SCHRAUBENDREHER

Schrubendreiher

Schrubentrecker

Scruwedriver

Dopsch Kurz

Schubkarre

Dreiseitenkipper

Schussapparat

Kalaschnikov

Ballermann

SCHWEISSBRENNER

Generalschlüssel

Schweissgerät

Brutzler

Schwingschleifer

Rutscher

Schwabbel

Spachtel Breit

Schwede

Spanngurt

Schlupse

STROMMAGGREGAT

Moppel

Jockel

Schnatterforz

Vorschlaghammer

Bello

Überzeuger

Hausordnung

Mymeter

Bollermann

Schloor

Streitschlichter

Wärmeleitpaste

Engelsjitsche

Wasserpumpenzange

Wapuza

Universalschlüssel

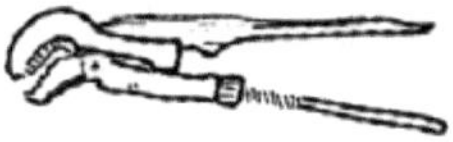

Wasserwaage

Klugscheisser

Lügenlatte

Wullche

Blubber

Blase

Spekuliereisen

Lügenbaron

Blubberbengel

Lügenholz

WASSERWAAGE KURZ

Ku(h)wawa

Weichwachskiste

Pfuscherkiste

Winkelschleifer

Feuersäge

Zange

Tang

Zollstock

Zölliger

Lehrlingsprügel

Lügner

Meitlatt

Zöllner

Messer

Handwerkerwitze

Ein Maurer, ein Schreiner und ein Elektriker streiten sich, wer das älteste Handwerk hat. Sagt der Maurer: "Wir haben damals in Ägypten die Pyramiden gebaut." Meint der Schreiner: "Wir haben Noah's Arche gebaut." Sagt der Elektriker: "Jungs das könnt ihr alles vergessen. Als Gott sprach 'Es werde Licht', da waren schon alle Leitungen verlegt."

VOR DER HIMMELSTÜR STEHT EIN HANDWERKER UND FRAGT PETRUS: "WARUM MUSSTE ICH DENN SO FRÜH STERBEN? ICH BIN DOCH ERST 37!" PETRUS SCHAUT IN SEINEM BUCH NACH UND SAGT: "NACH DEN STUNDEN, DIE DU DEN KUNDEN BERECHNET HAST, BIST DU SCHON 93!"

„Was macht man bei einem Maurer, der vom Gerüst gefallen ist? Man nimmt ihm die Hände aus den Hosentaschen, damit es wie ein Arbeitsunfall aussieht."

Neulich in der Werkstatt: „Mein Drehmomentschlüssel geht nur bis 100 Nm. Wenn ich jetzt eine Radmutter mit 117 Nm anziehen soll, kann ich dann erstmal mit 100 Nm anziehen und dann mit 17 Nm nachziehen?“ „Klar, wenn du ein 8er Loch bohren willst, kannst du auch mit nem 2er Bohrer vorbohren und mit nem 6er Bohrer hinterher gehen. Oder nimm gleich 2 x nen 4er Bohrer, dann mußt du nicht umspannen.

„Warum kommt ein Handwerker nicht in den Himmel? Weil er die Anfahrt extra berechnet.“

Der Lehrling rettet seinen Chef vorm Ertrinken. Sagt der Chef: „Dafür hast du einen Wunsch frei! Was wünschst du dir am meisten?“ Der Lehrling überlegt kurz und sagt: „Erzählen Sie in der Firma bloß keinem, dass ich Sie gerettet habe.“

„Zwei Architekten stehen neben einer Fahnenstange und denken nach. Nach Stunden kommt ein Handwerker vorbei und fragt: „Was machen Sie hier?" Der eine Architekt erwiedert: „Wir sollen die Höhe der Stange ermitteln und überlegen, welche Formel wir nehmen sollen."
„Wo ist das Problem" fragt der Handwerker, schraubt die Stange ab, legt sie auf den Boden und mißt sie mit einem Zollstock aus. „Genau 6 Meter." Er schraubt sie wieder an und geht weiter. Nach einer Weile sagt der eine Architekt abschätzig: „Wir reden hier von der Höhe und der gibt uns die Länge an."
(gelesen auf handwerk.com)

Chef beim Schreiben der Rechnung: „Zwei Stunden Arbeit plus Material macht 116,21 €... aufgerundet also 120,-- €... sagen wir 123,71 €, damit es nicht so aufgerundet aussieht."

Petrus will die himmelspforte renovieren und holt sich 3 angebote rein. Der albaner will 600 €, 200 € für die Farbe und 400 € für die Arbeit. Der Deutsche will 1.000 €, 300 € für die Farbe, 300 € für die Arbeit und 400 € für Steuer & Versicherung. Der Grieche will 3.000 € und erklärt dem geschockten petrus warum: „1.000 € für mich, 1.000 € für dich und 200 € für die Farbe. 500 €, damit der deutsche sein angebot zurück zieht und 300 € für den albaner. Irgendeiner muss die arbeit ja machen!"

„Zwei Maurer spazieren über eine Wiese und finden einen halb vollen Kasten Bier. Fragt der eine Maurer ganz erstaunt: „Sag mal weißt du, wer hier baut?"

Der Ehemann kommt von der Arbeit
nach Hause, sagt seine Frau:
„Schatz, der Wasserhahn tropft!"
Darauf er: „Ja bin ich denn Klempner!"
Am nächsten Tag Sie:
„Schatz, das Licht geht nicht!"
Er: „Ja bin ich denn Elektriker!"
3 Tag Sie: „Schatz, das Fenster klemmt!"
Er: „Ja bin ich denn Fensterbauer!"
Am vierten Tag kommt der Mann nach
Hause und alles ist repariert. Erstaunt
fragt er seine Frau, darauf Sie:
„Der Hausmeister war hier."
Er: „Und was wollte er dafür haben?"
Sie: „Ich sollte ihm einen Kuchen backen,
oder mit ihm schlafen!"
Er: „Und was hast du gemacht?"
Darauf Sie: „Ja bin ich denn Bäcker!"

Printed in France by Amazon
Brétigny-sur-Orge, FR

10762942R00058